ver le Coeur ; ...

A U
PEUPLE FRANÇAIS

TROIS CHANTS NATIONAUX

La Prise de la Bastille

Le Soldat de Verdun & Le Volontaire

de Valmy.

PAR

F. HUMBERT

1880

Imp. Dorier, 1-3, pass. du Caire, Paris.

A U

PEUPLE FRANÇAIS

TROIS CHANTS NATIONAUX:

La Prise de la Bastille,

Le Soldat de Verdun & Le Volontaire

de Valmy.

PAR

F. HUMBERT

1880

Imp. Dorfer, 1-3, pass. du Caire, Paris.

LA PRISE DE LA

BASTILLE

14 Juillet 1789

Au Peuple Français

La Prise
de la Bastille

14 Juillet 1789.

Le Quatorze Juillet de l'An Quatre-vingt-neuf,
Le soleil se leva sur un peuple encore neuf,
Qui s'éveillait enfin en secouant sa chaîne
En poussant un long cri de fureur et de haine
Contre la royauté qui l'avait accablé
Dix-huit siècles durant !

                              Il avait ressemblé
Au lion endormi pendant ce long servage,
Et, quand on vit soudain éclater son courage,
Il effraya les rois, mais sans les étonner......
La France les frappa sans leur rien pardonner,
Elle voulait venger en son long esclavage,
Et (pour son noble cœur, sanglant mortel outrage),
L'iniquité des rois, qui jugeaient sans appel
Et vous donnaient la mort, ou bien, sort plus cruel

Encor que le trépas, la prison éternelle
Au fond d'un noir cachot !

                     Ah ! sa fureur fut belle,
Le Quatorze Juillet, quand le peuple, irrité,
Courut, tout en criant : « Liberté ! Liberté ! »
Détruire le donjon sinistre, la Bastille !

. . . .

Que d'hommes, que de noms, derrière cette grille,
Vestibule d'enfer de la sombre prison,
Périrent ignorés !

               Dans leur fol abandon,
Les rois, pour obtenir d'une belle maîtresse
Un moment de faveur, un regard de tendresse,
N'hésitaient point, hélas, à jeter l'innocent
Dans ces cachots obscurs, où l'homme, trop souvent,
Enseveli vivant, voyait sa chair moisie
Abandonner ses os et traînait une vie
Plus triste que la mort, trente ans, ou cinquante ans,
Et, quelquefois, peut-être, encore plus longtemps !

Encor, si ces damnés avaient commis des crimes,
Pour qu'on les enchaînât dans ces sombres abîmes !
S'ils avaient conspiré, s'ils avaient poignardé
Un monarque, un seigneur, s'ils avaient hasardé
Le salut de l'État, sur un coup de fortune
Et, s'ils avaient commis, non vingt fautes, mais une,

_____

(1) — Comme Latude.

Ces tortures d'enfer, que l'inquisition,
Le fanatisme obscur, à notre nation
Sans doute avaient juré de léguer, par vengeance
De ce qu'on les chassait honteusement de France,
Ces supplices affreux, on les aurait compris !..
Mais non ! On déplaisait au prince, à ses amis :
On était condamné :

      « Quittez votre famille,
« Monsieur ! Ordre du Roi ! Venez à la Bastille,
« Pour quelques jours, le roi vous offre un logement.
« Venez, vous n'y serez qu'un tout petit moment !»
Et l'on y croupissait, ignoré de la terre,
Oublié de chacun, de sa famille entière,
Jusqu'au jour où la mort venait vous délivrer !

Le prince avait fini même par ignorer
Qu'il jetait l'innocence aux dents de la torture :
Indolent, il bâillait, mettant sa signature
Au bas d'un ordre en blanc qu'il ne regardait pas,
Se versait du vin vieux, en s'étirant, tout bas
Murmurait :

     « Je m'ennuie (2)
       Aussi, quand sur la France,
Jeune, brillante, fière, avide de vengeance,

---

(1) C'est ce qui fut dit à Voltaire lorsqu'on l'arrêta.
2 - C'est de Louis XV qu'il s'agit dans tout ce développement.

Se leva le soleil ardent de liberté ;
Le peuple s'écria, de fureur transporté :
« Mort à la tyrannie ! Abattons la Bastille !
« D'un astre de bonheur sur notre pays brille ! »
Et, presque désarmés, vers le vieux château fort
Ils courent, en poussant de sombres cris de mort :
Avec eux, en chantant, vont les Gardes-Françaises :
« Nous allons, criaient-ils, enfin prendre nos aises !
« Malheur à De Launay, Malheur à ses soldats,
« S'ils osent résister ! Qu'ils craignent notre bras,
« Car c'est le bras vengeur, le bras de la patrie,
« Qui vengeant l'innocence, abat la tyrannie ! »
Et les cris et les chants, menaçants, se suivaient,
Tandis que ces lions superbes s'avançaient.

Des braves les guidaient : le vieux Hullin, Élie :
Ils acquirent la gloire et l'immortelle vie
Par ce premier exploit Du grand peuple Français !
La Bastille, en ce jour, disparut pour jamais :
On la défendit bien : mais, enfin l'incendie
Détruisit cet affreux reste de tyrannie
Dont notre fier Paris au front était marqué

. . . .

Des[1] vieillards, des martyrs, obscur troupeau parqué

---

[1] Troupeau est dit ici par emphase : on ne trouva dans les cachots que trois vieillards.

Dans cette bergerie infâme que des gardiens sauvages
Surveillaient, entendant gronder ces grands orages
Qui passaient sur les rois, crurent devenir fous,
Quand, dans l'obscurité, grincèrent leurs verroux
De leurs sombres cachots quand s'ouvrirent les portes ;
Quand ils virent du peuple arriver les cohortes,
Qui criaient sourdement : « Vengeance et Liberté ! »
. . . .
Ah ! Ce fut un beau jour, chèrement acheté !
Avec les citoyens et les vieux militaires,
On vit marcher, hélas, de vils incendiaires ;
Des bandits furieux et bien indifférents
Au bonheur du pays !... Ces tigres dévorants
Par leur férocité faillirent d'un stigmate,
D'une tache de sang, flétrissure écarlate,
Marquer le premier jour de notre liberté :
On ne put retenir leur tâche cruauté !⁽¹⁾
Les Citoyens Français se battaient pour la gloire
Et pour transmettre, un jour, leurs noms à la mémoire ;
Ces bandits se battaient pour détruire et voler,
Se tremper dans le sang, massacrer et brûler ;
Ils n'étaient point Français ! Notre belle patrie
Ne les engendra point, et cette immonde lie

---

(1) Ils massacrèrent de sang froid, après la victoire, de Launay
Gouverneur de la Bastille et les Suisses prisonniers.

D'assassins sans honneur, n'a pas pu, grâce au ciel,
Rendre sanglant le nom de ce jour immortel !
De ce premier exploit notre patrie est née :
L'indépendance avait sa première journée !
Elle avait noblement abattu les tyrans
Et détruit le plus vieux de leurs vieux monuments !

....

Toi, de Quatre-Vingt-Neuf postérité nouvelle,
République, chez nous tu seras immortelle !
Ta mère a fait de nous un peuple libre et fier ;
Pour elle nos soldats ont manié le fer
Dans maint sanglant combat, en héros d'un autre âge,
Toi, sa fille, tu sais exalter le courage,
Tu sais te souvenir !... Oh ! Souviens-toi toujours !
Souviens-toi ! Tu verras aussi, toi, d'heureux jours :
Sois semblable à ta mère, et soutiens notre France !
Si tu la vois faiblir, viens lui dire : Espérance,
O jeune République ! et sur tes nobles pas
Qu'elle obtienne la gloire, ou bien un fier trépas !

14 Juin 1880.

LE SOLDAT DE

VERDUN

1792

II

Le Soldat de Verdun [1]
1792.

Dans Verdun l'ennemi venait d'entrer vainqueur ;
Beaurepaire indigné, transporté de fureur,
S'était donné la mort, renonçant à la vie
Plutôt que d'être lâche, en plaignant sa patrie
De n'avoir pas de fils vaillants dans tout Verdun :
Il se trompait : La France en avait encore un,
Qui refusa de rendre aux Prussiens ses Armes,
Qui sut mourir en brave et mériter nos larmes :
Français, son souvenir vous doit être sacré !

C'était un beau jeune homme, au regard assuré,
Aux cheveux blonds, comptant ses dix-huit ans à pein
Mais dont l'âme brûlait d'une terrible haine
Contre l'envahisseur, contre la lâcheté :
Car il était Français, fils de la Liberté,
De nos républicains il avait vu la gloire,
Lui-même avait pris part à plus d'une victoire,

---

(1) — Anecdote historique.

Et, vrai cœur de lion, il ne pouvait souffrir
De se rendre !... Il fut grand ! Il sut vivre et mourir
En Français, en héros !

        Seul, dans la citadelle,
En brave il attendit, aux lâchetés rebelle,
Que parût l'ennemi .....

        Bientôt, le Prussien
Entre ... Le Grenadier épaule, vise bien,
Et tire : un homme tombe ! Une clameur de rage
S'élève ; on le saisit .....

        Admirant son courage,
Le Général [1] lui fait enlever ses liens
En disant : « Par ma foi ! Nos soldats Prussiens
« Ne viendront guère à bout de cette République
« Si tout Français se montre et brave et magnifique
« À ce point ! » Il le fait au bout de la cité
Mener, de dix soldats, comme un chef escorté.
On conduit promptement tout au bout de la rue
Notre jeune héros, que l'on gardait à vue,
Mais qu'on laissait pourtant libre et qu'on admirait.
Or, un pont sur la Meuse à deux pas se trouvait :
Le fleuve sous ce pont faisait rouler son onde
Avec plus de fracas, l'eau coulait plus profonde.
Elle était noire et sombre et semblait en son sein
Recéler un mystère, en cachant son dessein

---

1 — Le Duc de Brunswick.

Aux gardes, le soldat, l'œil fixé vers la terre,
Tout songeur, lentement marcha vers la rivière.
La regarda longtemps .... Un soupir s'échappa
De sa noble poitrine, ensuite il se dressa,
Et lançant un coup d'œil suprême sur la ville,
Demeura sur la berge un instant immobile,
Puis, soudain, en criant : Vive la Nation !
Dans le fleuve sauta, plein d'exaltation !

7 Avril 1880.

LE VOLONTAIRE DE

VALMY,

1792,

III

Le Volontaire de Valmy

1792.

L'insolent Prussien envahissait la France ;
De nous rendre nos fers affichant l'espérance,
Il traînait avec lui tous ces nobles maudits
Que nous avions chassés de notre cher pays
Depuis que nous avions secoué l'esclavage
Qui pesait sur nous tous et le honteux servage.

Brunswick était leur chef. Insolent, Arrogant,
Général redouté, mais aussi vrai brigand,
Il se vantait tout haut de passer par les armes
Tous nos républicains, sans pitié pour les larmes
Des mères, des parents, des filles, des amis :
Il jurait ses « Grand Dieu » de renverser Paris,
Si l'on ne rendait pas à Capet sa couronne,
Et si nous refusions de ramper près du trône

En plats adulateurs, en lâches courtisans,
Comme des Osmanlis sous les pieds des sultans.
Les Français, indignés, bouillonnant de colère,
Pour venger leur honneur acceptèrent la guerre
En défiant Brunswick de les venir braver.
Il vint, et commença par brûler et tuer
Tout ; et partout l'on vit ses barbares cohortes
Piller, incendier : Verdun ouvrir ses portes ;
Longwy fut emporté......
                          Son succès fut d'un jour :
Nous marchâmes : bientôt, il dut fuir à son tour.
Il n'osait pas venir affronter la colère
Des lions dans leur antre.
                          Or, j'étais volontaire ;
Deux mille jeunes gens armés quittaient Paris
Chaque jour pour aller défendre le pays :
J'étais du nombre, amis : jeune, avide de gloire,
Je partis, tout joyeux et sûr de la victoire,
Puisque mon général se nommait Dumouriez....
— En m'écoutant, je vois que de moi vous riez......
Mon Dieu ! Que voulez-vous ? Sous notre République
Nous étions ainsi tous : un élan magnifique
Nous emportait : combattre était mon seul désir ;
Je disais : « Il est beau de vaincre ou de mourir »,
Et tous mes compagnons nourrissaient cette idée
Comme moi. Nous n'avions qu'une seule pensée :

De l'Argonne chasser enfin les Allemands
Et voir notre pays purgé de ces brigands.......
Kellermann à Valmy rejoignit notre armée,
Et près des Prussiens une nuit fut passée.

Les émigrés riaient dans le camp ennemi ;
Ils disaient à Brunswick que tout était fini,
Qu'un seul coup de fusil tuerait la République,
Et que tous ces tailleurs, ces courtauds de boutique,
(C'était nous, s'il vous plaît) pour mieux fuir jetteraient
Jusqu'à leurs vêtements dès qu'ils apercevraient
Un soldat Prussien.... Ils se trompaient peut-être !

Je me disais : « Quand donc le jour va-t-il paraître ?
« On ne se bat donc pas ! » Et, m'impatientant,
Je m'en prenais à tous de mon ennui : Le camp
Tout entier attendait le lever de l'aurore :
Rongeant tous notre frein, nous murmurions encore,
Quand soudain les clairons sonnèrent le réveil :
Dès longtemps loin de nous avait fui le sommeil,
Nous fûmes bientôt prêts.
                    « Enfants, la République
« Fixe les yeux sur vous », dit Kellermann. Magique
Fut l'effet par ces mots produit sur tous nos cœurs,
Et nous fîmes serment de demeurer vainqueurs
Ou de mourir frappés en vengeant la patrie........

L'Allemand engagea promptement la partie ;
Ces lourdauds Prussiens s'acharnaient sur Valmy,
Et sur nous seuls pesait l'effort de l'ennemi :
Mais nous avions sur eux un immense avantage,
Car, placés au sommet, fermes, pleins de courage,
Surexcités, brûlant de l'amour du pays,
Nous donnions fort à faire aux soldats ennemis,
Quand ce gueux de Brunswick, voyant notre manège,
S'avisa d'amener quelques pièces de siège
Et de nous canonner.....
                        Cela ne m'allait pas,
Aux Généraux non plus, sans doute, car tout bas
J'entendis Kellermann donner à tous les diables
Brunswick en son idée et ses insupportables
Artilleurs, qui pointaient et tiraient lentement,
Nous tuant en détail le plus tranquillement
Du monde.... Et malgré tout, nous restions immobiles,
En maudissant pourtant ces tireurs trop habiles.
Ce n'était rien encore, mais leurs diables d'obus
Brisèrent nos caissons, et leur tombant dessus,
Les firent éclater et nous incendièrent :
Devant l'explosion nos rangs se desserrèrent :
Beaucoup de nos amis furent ainsi tués
Par nos propres engins, et nous fûmes assez
longs à nous reformer.

                    Alors, l'infanterie .
De Brunswick, cette troupe intrépide, aguerrie,
Qui faisait la terreur de tous les souverains,
Vint nous donner l'assaut ..... Ces pauvres Prussiens !
Ils se vantaient déjà de tenir la victoire :
Ils n'eurent pas même en ce jour de la gloire !

Les voyant approcher, Kellermann ne dit rien .
Il fait serrer nos rangs, et puis, quittant le sien,
Il s'en vient se placer sur le front de l'armée .....
Il les laisse arriver, et, tirant son épée
En criant fièrement : " Vive la nation ! "
Cri que nous répétons dans notre passion,
Il nous lance sur eux, il court à notre tête,
Et nous les fait chasser à coups de baïonnette ....
Ma foi ! Les Prussiens n'osaient plus avancer,
Et, restant stupéfaits, ils se laissaient sabrer
Presqu'inconsciemment .Mais, devant notre charge,
Ils furent bien forcés de reprendre le large :
Rappelés par nos coups à la réalité,
Ils fuient, quand Dumouriez, qui tenait réservé
Ce plat pour leur dessert, par son artillerie
Tous les fait mitrailler ....
                    Ah ! Leur infanterie
Se put tenir longtemps, malgré tout son renom,
Contre la baïonnette et contre le canon,

Et les trois quarts d'entr'eux sur le terrain restèrent.

. . . .

C'est ainsi qu'à Valmy les choses se passèrent,
Mes amis, et toujours, oui, tant que je vivrai,
De cette fête là je me rappellerai,
Et je me vanterai d'avoir dans cette guerre
Débuté par Valmy quand j'étais volontaire.

(19 Avril 1880).

Fin.

Imprimerie Dorser 1 et 3, Pass. du Caire, Paris.

www.ingramcontent.com/pod-product-compliance
Lightning Source LLC
Chambersburg PA
CBHW061622180626
46818CB00005B/2195